www.tredition.de

AF196583

~ Guten Tag ~

Guten Tag, ich bin der Text. Falls Sie mögen, können Sie von nun an beim Durchstöbern dieses Buches auf mich achten. Und falls nicht, gibt es bestimmt auch noch die ein oder andere leere Stelle, die für Sie interessant sein könnte!

Vielleicht halten wir es einfach so: Sie schenken mir Ihre Aufmerksamkeit und ich Ihnen dafür meine Worte. Heimlich in die Leere starren können Sie dann immer mal so nebenbei.

Doch zunächst noch kurz zu mir. Ich werde Ihnen stets in Schwarz begegnen, was kein Ausdruck von Trauer ist, sondern die Extravaganz des Werks in elegant schlank erscheinenden Lettern hervorhebt und ganz nebenbei einen angenehmen Kontrast zur Seitenfarbe erzeugt.

Ich besitze weder eine Meinung, noch das Vermögen, mit Ihnen über strittige Punkte zu diskutieren, sondern stehe Ihnen einfach so gegenüber, wie der Autor mich erschaffen hat. Ich übernehme daher keine Verantwortung für meine Wirkung auf Sie. Man nennt mich auch die exekutive Gewalt des Schreiberlings.

Und noch ein letzter wichtiger Hinweis: sollte Ihnen der Sinn meiner Worte einmal unerschlossen bleiben, ist dies nicht weiter schlimm. Denn nicht jeder weiß, wovon er redet… Guten Tag!

Sebastian Glampke

Operation Querschnitt

www.tredition.de

© 2013 Sebastian Glampke

Verlag: tredition GmbH, Hamburg
ISBN: 978-3-8495-6841-2
Printed in Germany

Inhaltsverzeichnis

~ Allgemeine Mitteilung ~ 9

~ Spruchbruch I ~ 9

~ Der Muskelkater ~ 10

~ The twelfth Man ~...11

~ Spruchbruch II ~...11

~ Der Bildungsträger ~ 12

~ Der gemeine Stichling ~ 13

~ Fachjargon – Nur Bhf verstanden? ~ 14

~ Der Lebenshunger ~ 15

~ Der Bruch ~..16

~ Spruchbruch III ~ 16

~ Anstatt Blumen lieber Korn ~......................17

~ Gefallener Engel ~...18

~ Mitgefühl ~..18

~ Der Föhn ~ 19

~ Lachhaftes Risiko ~...19

~ Der Baron spricht ~ 20

~ Spruchbruch IV ~..20

~ Weihnachten ~ 21

~ Hausschuhe, wozu das Getue? ~ 24

~ Weitblick ~ 25

~ Zeit – die Unaufhaltsame ~ 26

~ Spruchbruch V ~...26

~ Vogelfrei ~ 27

~ Neues aus dem Streichelzoo ~ 27

~ Problemzone Hals ~...28

~ Nachschub ~ 28

~ Gute Reise ~ 29

~ www ~ 30

~ Kleine Werkstoffkunde ~ 30

~ Von der Rolle ~..31

~ Spruchbruch VI ~ 31

~ 4 Ohren- vs. 2 Ohren-Konversation ~........32

~ Große Worte ~..34

~ Spruchbruch VII ~ 34

~ Missverstanden ~ 35

~ Tierisch eigenartig ~...36

~ Linguistische Finesse ~ 37

~ Eine neue Küche ~..38

~ Spruchbruch VIII ~ 39

~ Besorgte Leser fragen nach ~ 40

~ Sankt Martin für arme Schlucker ~ 41

~ Geschmackssache ~ 41

~ Nikolaus für arme Schlucker ~ 42

~ Ansichtssache ~ 42

~ • ~ 43

~Die gemeine Tanzmaus ~ 44

~ Spruchbruch IX ~ 45

~ Der automobile Minimalist ~ 46

~ Starke Argumente ~ 47

~ Spruchbruch X ~ 47

~ Die Berufsqual ~ 48

~ Urlaubsplanung in D ~ 49

~ Die alten Wilden ~ 51

~ Blitzportrait ~ 52

~ Übermenschen ~ 53

~ Uneasy Aging ~ 54

~ Gerade aufgeschnappt ~ 55

~ Philosophenweg ~ 60

~ Allgemeine Mitteilung ~

Liebe Leser, aus Platz-, Zeit- und Kostengründen wurde in dem Ihnen vorliegenden Buch auf die Darstellung weiblicher Formen weitestgehend verzichtet.

Ich möchte Sie bitten, diese Maßnahme nicht als diskriminierend zu betrachten, sondern als effektiven Beitrag zur im Trend liegenden Rationalisierung zu respektieren und mitzutragen.

Danke.

~ Spruchbruch I ~

A: Heutzutage musst Du echt aufpassen, dass Dich niemand übers Ohr zieht!

B: Also ich wurde bisher noch nicht über 'n Tisch gehauen…

A: Aber wenn, dann liegst Du da wie der Affe im Wald!

~ Der Muskelkater ~

Seit Kurzem schleicht ein Kater umher,
der denkt sich, vielleicht bin ich zu schwer?

Seit Langem keine Maus erlegt,
nur vom Dosenfutter gelebt…

Im Nachbarhaus wohnt neuerdings ein Mann,
den schaut er sich nun ständig von unten an.

So einen Körperbau brauche ich auch,
keinen à la Schwein-Hängebauch!

Der Kater beginnt sein Übungsprogramm
und findet einen dicken, griffigen Stamm,
der endet in einem gigantisch hohen Baum,
ob sich der erklimmen lässt? – Wohl kaum…

Der unterste Ast ist doch ganz nah,
zack, hänge ich dran, upps, es macht knarr.

Und noch mal knarr und knack und schrei',
schon ist des Katers Sturz vorbei.

Tot lacht sich bei diesem Anblick die Maus,
der Kater genießt seinen Leichenschmaus.

~ The twelfth Man ~

Neulich im Rundfunk aufgeschnappt:

„Kurz vor dem Ende der ersten Halbzeit ertönen jetzt noch mal YOU ASS, EY – Sprechchöre der US-amerikanischen Fans zum Anfeuern ihrer Mannschaft!"

~ Spruchbruch II ~

Und Vater Blattlaus sprach zum Sohne:

„So 'n halbes Hemd wie Du kommt doch über keinen grünen Zweig weg…"

~ Der Bildungsträger ~

Bildung ist ein hohes Gut,
Platz dafür gibt's im Kopf genug!

Die Augen auf, die Ohren weit,
auch durchaus mal zum Reden bereit,
so sollten wir durch das Leben gehen,
anstatt nur passiv herumzustehen!

Hey, natürlich geht nicht alles in den Schädel hinein, manche Dinge versteht kein Schwein,
ohne vorher studiert zu haben,
Akademiker – Schweine?
Wer eines kennt, der soll es sagen!

Außerdem, was sollen wir uns mit Kultur belasten,
uns an Goethes Faust 'rantasten.
Was, zwei Fäuste hat er sogar zu bieten?
Wer weiß, wie viele Flaschen ihn dazu berieten…

Und überhaupt, der Mensch ist von Natur aus faul
und geht den Weg des geringsten Widerstandes,
das ist anschauliche Wissenschaft, täglich neu be-
wiesen!

Also, wozu noch das rhetorische Ausdrucksmittel
des gepflegten Reims anwenden?!
Wen interessiert's?

Und nun das Beste: wer weder selbst lesen, noch
rechnen, noch schreiben oder gar denken möchte
bzw. kann, der nimmt sich einfach einen Bildungs-

träger an seine Seite! Der kostet nicht viel und ist bequem über eine unendliche Auswahl ausländischer Vermittlungsbüros Dank des Arbeitnehmer-Entsendegesetzes buchbar...

Die dazu notwendigen Formalitäten werden selbstverständlich gerne schnell und unbürokratisch von den fleißigen Bediensteten des Bundesministeriums zur Sicherstellung der allgemeinen Volksverdummung übernommen!

P.S. Übrigens sind einige Bildungsträger jetzt auch als App für die neue Generation der Clever- und Smartphones downloadbar! (Sofern das Bedienungsvermögen des potentiellen Nutzers dies zulässt.)

~ Der gemeine Stichling ~

Ein Mückenstich ist unangenehm,
schlimmer sind dagegen zehn!

~ Fachjargon – Nur Bhf verstanden? ~

Reisezentrum – Direktion – Chefetage.

Erster Arbeitstag nach zweiwöchigem Urlaub für Frau Fröhlich, die Chefsekretärin.

Auf ihrem morgendlichen „Kaffeetassen-Abwasch-Marsch" begegnet Sie Herrn Pfeiffer aus dem Personalabteil mit einer Kubanerin in seiner rechten Hand.

„Guten Morgen, Frau Fröhlich. Schön, Sie zu sehen! Ist Ihr Urlaub denn schon wieder vorbei?"

„Ja, leider, aber ich konnte ihn in vollen Zügen genießen. Bin zudem zweigleisig gefahren, um ganz sicher auf meine Kosten zu kommen. Verstehen Sie?"

„Ähm…, schön, schön. Sagen Sie, wissen Sie eigentlich schon, dass Herr Mayer, unser neuer Schaffner, aus der Bahn geworfen wurde?"

„Herr Mayer, nein – und? Er hat sich doch dabei nicht etwa verletzt? Das wäre ja furchtbar!"

„Verletzt nicht, aber der Arzt hat später bei ihm eine akute Zugluftunverträglichkeit diagnostiziert. Wir wissen noch gar nicht, wie es mit ihm weitergeht. Entlassen wollen wir ihn auch nicht, er ist ja gerade erst von der schiefen Bahn runter und nun das…Aber mir ist schon eine Idee gekommen, mein Entwurf dazu liegt noch in den letzten Zügen. Morgen früh, pünktlich um 9:30Uhr zur Teamsitzung, erfahren Sie mehr!"

„Na, darauf bin ich ja schon gespannt. Ich hoffe sehr, für Herrn Mayer ergeben sich keine Unannehmlichkeiten..."

„Nun ja, auf bahnbrechende Veränderungen wird er sich wohl einstellen müssen. Entschuldigen Sie, aber jetzt muss ich unbedingt los, ich habe vor über zwei Stunden meinen letzten Zug genommen..."

„O je, dann dampfen Sie mal ab!"

~ Der Lebenshunger ~

Esse, wem Gebiss gegeben,
wer keines hat, geht hungrig durchs Leben...

~ Der Bruch ~

Der Ast tut es.

Die Wolken tun es.

Der Dieb tut es.

Die Knochen tun es.

Die Stimme tut es.

Die Versprechen tun es.

Die Freundschaft tut es.

Der Wille tut es.

Das Herz tut es.

>>> Wer tut etwas dagegen…? <<<

~ Spruchbruch III ~

Der dünnste Bauer hat die dicksten Pantoffeln.

~ Anstatt Blumen lieber Korn ~

Blumen satt am Muttertag,
gibt's dafür denn einen Vertrag?

Nein! Auch wenn's die Floristen nicht freut,
von mir gibt's keine für Dich heut'!

Man hat Dich grabend im Garten erblickt,
mit der Harke gingst Du um sehr geschickt,
zogst akkurat Bahn um Bahn,
in die Du dann das Saatgut getan…

Nun ist's soweit, die Emporkömmlinge sprießen,
doch nichts geht ohne dieses ständige Gießen!

Natürlich stimmt Dich froh und heiter,
wenn's regnet, „nun wächst's von alleine weiter!"

Nicht nur die Würmer beginnen sich zu regen,
schleimig wird's auf den Schneckenwegen.

Die Fühler zum Spinat hin gepeilt,
schau' mal, wie's von hier und dort eilt!

Drum greif' sofort zum Schneckenkorn,
sonst ist der Garten im Nu verlor'n…

Deine gesamte Arbeit wäre zunichte,
die Schnecken platzten dank ihrer Gewichte!

Das gäbe vielleicht eine Sauerei,
da wär' ich dann nicht gern dabei.

So folge bitte meinem Rat:
„Schneckenkorn hilft, in der Tat."

~ Gefallener Engel ~

Zwei Kinder hat sie im Gepäck,
ihr Freund dagegen, der ist weg.

Fünf Monate nach dem Termin
zog es ihn zu einer anderen hin…

Und zwar zu einer Internet – Schnecke,
jetzt wohnen sie auch noch um die Ecke.

Die Kinder, ach, die kümmern ihn kaum,
rief er doch kein einziges „Hallo" in den Raum.

Sogar auf der Straße geht er stur vorbei,
die Kleinen sind ihm einerlei.

Das große Los, das fehlt ihr noch,
dann käme sie raus, aus ihrem Loch…

~ Mitgefühl ~

„Herr Doktor, ich habe ständig Halsschmerzen."

„Das tut mir aber leid, Sie armer Schlucker."

~ Der Föhn ~

Einige Leute bekommen ja ständig einen Föhn,
das ist für die Betroffenen dann auch nicht schön...

Doch für alle anderen gilt:

Genießt den Wind, solange eure Haare noch fest
verwurzelt sind!

Denn Toupet-Trägern und Häuptern mit Perücken
entstehen oftmals gewaltige Lücken...

~ Lachhaftes Risiko ~

„Mama, Mama, warum grinst der Mann da wie
ein Honigkuchen?"

„Ach Mäuschen, der leidet unter einer sponta-
nen humoristischen Gesichtsverzerrung."

„Bleibt das denn jetzt so?"

„Nur, wenn man es in den nächsten 24 Stunden
unbehandelt lässt!"

~ Der Baron spricht ~

„Ein herzliches Willkommen auch unseren Freunden aus den umliegenden Bergregionen, dem Hochadel,…"

„Wie wir alle wissen, existieren heutzutage immer mehr veradelte Arme, oh pardon, verarmte Adelige,…"

„Im Rahmen unseres sozialen Engagements habe ich schon viele Senioren mal eben zackig über die Straße geleitet, da fällt mir doch keine Krone raus…"

~ Spruchbruch IV ~

Wem das Wasser schon bis zum Rand steht, der
sollte sich mal lieber an seiner
eigenen Nase festhalten!

~ Weihnachten ~

Jahr für Jahr an Chistmas Eve,
geht doch so einiges noch schief:

Der Baum um 30 Grad sich neigt,
Onkel Hans, der abscheulich geigt.

Des Rehes Keule brutzelbraun,
wie lässt sich der zähe Lappen verdau'n?

Nach dem dritten Gläschen vom roten Wein,
beginnt der fromme Ambrosius zu schrei'n:

„Heut' ist er geboren, ich hab 's geseh'n,
es war viertel nach acht, oder um zehn?!
Schafe standen auf der Wiese,
die Mutter hieß, glaube ich, Anneliese?"

Noch ein Tröpfchen, schon ist er verstummt,
draußen bellt des Nachbars Hund...

Doch nicht für lange ist er gehört,
„Merry Christmas" aus dem Lautsprecher röhrt!

Die Nadel kratzt über den Plattentellerrand,
schnelle Hilfe ist nicht zur Hand.
Dies Geräusch, es klingt so widerlich,
Oma sitzt da und wundert sich...

Onkel Herrmann findet 's dagegen ganz toll:
„So spiele ich auch, wenn ich groß bin, jawoll!"

Jetzt endlich Geschenke, juhu, ich kann 's kaum
erwarten,

kleiner Tipp: Würste lassen sich prima erraten!
Immer gut kommt auch Unterwäsche an,
die man sich dreimal um den Bauch wickeln kann!

Denn Wärme brauchen die Gedärme...

Ach, Helgas Nichte, die kennt noch Gedichte:
kein Wunder, trägt sie doch Schillerlocken,
ständig erzählt sie uns was von Glocken!
Selbst „Knecht Rupprecht" gibt sie vor Stolz strot-
zend wider.

Wir anderen singen derweil schon mal Lieder...

Die Stimmgabeln sind ruckzuck vergeben,
schön, wie unsere Kehlen beben.
Im Haus gegenüber wird's auf einmal so hell,
denen gefällt's wohl auch sehr gut, gell?

Wenn's am schönsten ist,
soll man bekanntlich gehen,
also bewegen wir unsere Zehen,
erst Richtung Garderobe zur Mantelschlacht,
welch' Drücken und Drängeln, natürlich ganz
sacht'!

Bald stehe ich in der sternefunkelnden Nacht,
drinnen ist ein Gesteck herunter gekracht,
welcher Tollpatsch das bloß war,
ist so schnell leider nicht klar...

Egal, wer's auch gewesen ist,
da liegt er nun, der ganze Mist!

Zum Saubermachen bleibt keine Zeit,
die Glocken läuten, der Weg ist verschneit...

So gehen wir Hand in Hand drauf los,
Tante Erdmute rutscht – schleichend – die Hos',

Onkel Hans – noch schlimmer – gar das Bein,
der Aufprall dürfte ziemlich hart gewesen sein...

Obwohl: Sitzfleisch besitzt er ja in Massen,
so dass er sich sanft hat abfedern können lassen.

In der Kirche beginnt das Stühlerücken,
man reicht Onkel Hans die Ausleihkrücken.

Ganz überrascht gucke ich ihn an,
ein vor Schmerz verzerrtes Gesicht,
Junge, wie der schauspielern kann!

Die Orgel pfeift, wir stehen auf,
die Christmette nimmt so ihren Lauf,
als plötzlich aus dem stillen Gebet,
eine leise Stimme zu mir weht:

„Wenn es Gott nicht gäbe,
müsste man ihn erfinden!"

Notwendig scheint er also zu sein,
drum ladet ihn in eure Herzen ein.

Die zehn Gebote, von wem auch immer erstellt,
sorgen für Ordnung auf der Welt...

~ Hausschuhe, wozu das Getue? ~

Hausschuhe tragen? Um Gottes Willen,
und wenn die Füße dann aufquillen?!

Die Zehen wollen sich entfalten,
nicht lange im Dunkeln sich aufhalten!

Auch ein blindes Hühnerauge benötigt mal Luft,
hat genug vom üblen Duft…

Am besten noch gleich die Socken verbrennen
und barfuß durch die Wohnung rennen!

Doch „Autsch", was piekst da, bohrt sich tief rein,
wird das 'ne Scherbe gewesen sein?

(Anm.: Der Schmerz zieht bis ins Bein hinein.)

'Ne Reißzwecke war 's, lag da am Boden,
hätt' die doch vorher wer aufgehoben!

Nun läuft das Blut, der große Onkel pocht,
schön sieht sie aus, die Hornhaut - durchlocht…

Den Zeh noch schnell unter die Türkante gerammt,
der Nagel halb daneben,
von Frost- und sonstigen Beulen
will schon gar niemand mehr reden…

Die Lage scheint aussichtslos -
und doch ist sonnenklar,
dass Laufen ohne Schuhe
eine bescheidene Idee war!

Ach was, gute Latschen haben ein Bett?
Vielleicht noch einen Wecker - wäre ganz nett…

Geschmeidig werden die Füße gestützt,
und per geschlossener Front, auch noch geschützt!

Die Schuhsohlen atmen, wie mit Lungen versehen,
puren Hochgenuss bietet ein solches Gehen!

Auf Fliesen rutschfest, gegen Kälte robust,
ist jetzt jedem der Sinn bewusst?!

P.S. Übrigens:

Meist trägt man sie paarweise, selten allein,
wer möchte schon gerne ein „Hinkebein" sein?

~ Weitblick ~

Seht nur, da vorne geht er ja,
der abgebrochene Meter…

~ Zeit – die Unaufhaltsame ~

Minuten verstreichen, das Blatt bleibt leer,
darüber zu schreiben fällt wirklich schwer…

So allumfassend ist das Wort,
schon wieder sind Sekunden fort.

Vergangenheit gewordene Zeit,
die uns als Erinnerung bleibt.

Ob glücklich, ob schmerzhaft, ob traurig, ob froh,
sie lässt sich nicht ändern, bleibt einfach so.

Gegenwart und Zukunft, die lassen sich gestalten,
aber niemand kann den Moment festhalten.

Unaufhaltsam, wie die Zeit
und für den Wandel stets bereit,
das wären doch zwei Lebensziele,
Wege zum Glück gibt es viele.

~ Spruchbruch V ~

Mein Nachbar stand schon spagat an der Tür,
was der für 'ne große Nase gemacht hat!

~ Vogelfrei ~

Die Krähe kann nicht als Singvogel gelten,
zwischen ihr und der Amsel, da liegen Welten!

Ähnlich geht es den Elstern und den Tauben,
deren Stimmen nur zum Lärm machen taugen…

Doch den Schnabel zu halten,
kommt ihnen nicht in den Sinn.

Wen es stört, der höre nicht hin!

~ Neues aus dem Streichelzoo ~

Dem Stinktier stinkt's hier.

Die Hasen haben gestern ihre Löffel abgegeben.

Die Nacktschnecken sehnen sich nach Winterfell.

Die Ziegen dürfen zukünftig nur noch über ihren
eigenen Käse meckern.

~ Problemzone Hals ~

Eine Neuerfindung macht Kurzhalsigen Mut!

Mit dem Hals ist das so eine Sache...Viele Leute bekennen, dass sie ihren Hals nicht voll genug kriegen, mindestens genauso viele beklagen sich regelmäßig darüber, einen dicken Hals zu bekommen.

Und dann gibt es da ja noch die nicht geringe Anzahl an Menschen, die dabei ertappt wurden, wie sie ungeniert lange Hälse machten.

Und es gibt die große Gruppe der Kurzhalsigen, die jetzt gespannt weiterlesen sollte. Denn ja, sie können aufatmen. Die Kleidungsindustrie hat verbindlich zugesagt, ab sofort auch kragenlose Hemden anzubieten, um die bisher oft aufgetretenen, sehr unangenehmen Kinnabschürfungen zu vermeiden und so für ein Stück mehr Lebensqualität zu sorgen!

~ Nachschub ~

Und ging der Wein ihm mal wieder aus,
so begab sich Goethe in sein Gartenhaus.

~ Gute Reise ~

Die Beine krumm,
Nase und Rücken auch,
die Taille ziert ein Rettungsringbauch.

Ein wahrer Wurtel also,
wie nach „Schubladen-Charakter-Definition",
Leute wie ihn, die kenne ich schon…

Doch halt, es scheint, er möcht' mir was sagen,
Geschichten erzählen von besseren Tagen.

Zögernd, nur aus Höflichkeit,
setze ich mich zu ihm hin,
obwohl ich - wie immer - in Eile bin.

Seine Augen funkeln, eine Reibeisenstimme
schlägt mir entgegen -
Mensch, hat der tolle Dinge erlebt,
denk' ich verlegen.

Schon kleben meine Ohren an seiner Zunge,
neben dem Alten sitzt ein kleiner Junge.

Völlig aufgewühlt von der Reise durchs Leben
wissen wir, so eine wird es nie wieder geben.

~ www ~

Das „world wide web", der Spinnes Vision,
angefangen hat sie ja schon…

Dichte Fäden in jedem Raum,
so langsam verwirklicht sich ihr Traum!

Keine Wohnung ist mehr sicher,
die Spinne krümmt sich vor Gekicher…

Netzagenturen werden errichtet,
ahnungslose Insekten reihenweise vernichtet.

Immer mehr Netzbetreiber
schließen sich dem Vorhaben an,
rette sich, wer es noch kann!

~ Kleine Werkstoffkunde ~

Ein Waschlappen aus Stoff sorgt für wenig Zoff.

Ein Waschlappen aus Fleisch und Blut,
den findet niemand gut.

~ Von der Rolle ~

Die Rolle des Klopapiers wird in der Gesellschaft
oft unterschätzt!

Ohne sie gebe es kaum einen
erfolgreichen Geschäftsabschluss,
sondern oft Panik und Verdruss.

Erst dank ihr steigt die Motivation,
treffen die Leute den richtigen Ton.

Entspannt am Ziel dann angekommen,
wird sie pfleglich zur Hand genommen.

Erst so wird eine saubere Sache daraus,
ganz ohne Schmierung geht's hinaus…

~ Spruchbruch VI ~

„Hey, nun bleib' doch mal ruhig. Du musst nicht
gleich 'nen Elefanten aufblasen!"

~ 4 Ohren- vs. 2 Ohren-Konversation ~

4 Ohren-Konversation I:

Er: „Liebling, das Fenster ist noch auf!"

Sie 1.: „Schön, endlich mal wieder frische Luft einatmen!"

Sie 2.: „Huch, dann werd' ich mir gleich mal 'ne Decke holen…"

Sie 3.: „Geh' es sofort zumachen!"

Sie 4.: „Stimmt, das sehe ich auch."

4 Ohren-Konversation II:

Sie: „Liebling, das Fenster ist noch auf!"

Er 1.: „Deshalb riecht es hier so komisch…"

Er 2.: „Zieh' Dir halt was drüber, wenn Dir so kalt ist, alter Zitteraal!"

Er 3.: „Oh je, bleib' nur sitzen, ich mache es sofort zu."

Er 4.: „Stimmt, das habe ich noch gar nicht bemerkt."

2 Ohren-Konservation I:

Er: „Liebling, das Fenster ist noch auf!"

Sie 1.: „Hm."

Sie 2.: „Oh."

2 Ohren-Konservation II:

Sie: „Liebling, das Fenster ist noch auf!"

Er 1.: „ "

Er 2.: „Hä?"

Fazit:

Die 4 Ohren-Konversation kann sehr komplex ausfallen und ist daher ausschließlich nur für fortgeschrittene Kommunikationspartner empfehlenswert!

Die 2 Ohren-Konservation eignet sich für alle, die sich selbst und ihren Kommunikationspartner verbal nicht überfordern wollen (wer verliert schon gerne etwas, vor allem viele Worte) und das Risiko scheuen, als Dummschwätzer zu gelten.

Wissenschaftlich gesehen bietet die 2 Ohren-Konservation den Vorteil der ultraschnellen Informationsdurchleitung vom Eingangs- zum Ausgangsohr ohne die Gefahr deren Aufnahme und

Weiterverarbeitung, während die 4 Ohren-Konversation aufgrund ihrer Strömungsdynamik ein starkes Denkanstoßpotential im Zwischenohrbereich des Empfängers initiiert, was häufig zu Satzbildungsreaktionen, einhergehend mit einer exponentiell ansteigenden Anzahl an Zungenbewegungen, führen kann.

~ Große Worte ~

Das Jawort dient einem Versprecher, oh pardon, einem Versprechen, so muss es wohl heißen.

Das Neinwort wäre durchaus sehr beliebt, schade, dass es dies bisher nicht gibt!

~ Spruchbruch VII ~

„Tja, man sollte schon mit gespitzten Augen durch die Welt gehen."

~ Missverstanden ~

Karl Müller, Verwaltungsfachangestellter im abgehobenen Dienst, trifft eines Mittags seinen jungen, biedermeirigen Kollegen, Victor Schmidt, laut pfeifend und über seine Backen strahlend auf dem Flur an.

„Mensch, Herr Schmidt, Sie haben aber heute gute Laune, am Wetter kann 's nicht liegen…"

„Tut es auch nicht. Tut es auch nicht. Herr Müller, ob Sie 's glauben oder nicht, ich bin schwanger!"

Karl Müller gerät ins Stocken. „Entschuldigung, Sie scherzen wohl?"

Völlig aus dem Häuschen tönt es ihm entgegen. „Aber nein. Ich habe soeben das Kind in mir entdeckt!"

Herr Müllers Stirn verwandelt sich schlagartig in ein unendlich zerklüftetes Faltengebirge. Er versucht jedoch, sachlich zu bleiben. Also folgt seinerseits die obligatorische, wenn auch leicht skeptisch hervorgepresste Frage: „Wissen Sie denn schon, was es wird?"

Mit vor Stolz geschwollenem Pullunder bellt Herr Schmidt ihn an: „Natürlich, Pilot – vielleicht sogar mit eigenem Vogel…"

~ Tierisch eigenartig ~

Der Fisch stinkt vom Kopf an.
Wäscht es sich mit Flossen denn wirklich so
schlecht?

Der Löwe brüllt den ganzen Tag.
Übertönt er damit etwa nur seine Schwerhörigkeit?

Die Schlange schleicht umher.
Hat sie Angst, jemanden zu stören?

Die Giraffe macht ständig einen langen Hals.
Liegt das an ihrer übertriebenen Neugierde?

Die Schildkröte ist mit ihrem Panzer unterwegs.
Ist sie vielleicht auf Krieg aus?

Der Hamster dreht täglich am Rad.
Hat er sie deshalb nicht alle?

Der Seehund heult oft stundenlang.
Hat er zu nah am Wasser gebaut?

Das Lama spuckt seine Umwelt an.
Will es sich dadurch unbeliebt machen?

Die Katze zeigt gerne ihren Buckel.
Ist das ein Symbol von Selbstherrlichkeit?

Die Schnecke rutscht oft auf ihrem eigenen Schleim aus.

Trägt sie somit ein erhöhtes Verletzungsrisiko?

Und der Mensch?
In jedem von uns steckt (mindestens) ein Tier!

~ Linguistische Finesse ~

A: „Hey Conny, was ist Dir denn durch die Nieren gegangen? Du bist ja weiß wie ein Kreidefelsen!"

B: „Was, wirklich? Ach deshalb stand auf der Puderdose „Only for white women" – und ich dachte noch, der Anbieter sei rassistisch…"

~ Eine neue Küche ~

Manches ändert sich nie.

Ob Auf-, ob Abwasch – beides 'ne Qual,
da ist die Minna die bessere Wahl!

Bedenke: Eine ordentliche Brise
mag nicht nur der Friese...

Großzügig portioniert aufgetischt,
ist 's Magengrummeln schon in Sicht!

Verwende Reis und Nudeln fürs fixe Gericht,
Kartoffeln dagegen wohl eher nicht...
(„Ohne Pelle geht 's schnelle, gelle?")

Entweichen die Düfte aus dem Haus,
gibt es lange Nasen draus'...

Schon Confusio sprach: „Wer anderen eine Küche
zeigt, muss selbst an den Herd!"

Scharfe Messer gefallen „dem Esser".
(Mit spitzen Zähnen schneidet sich 's besser.)

Scharfe Löffel sind dagegen Murks,
die Zunge blutet, nicht nur kurz...

Koch 's Träumerei: „Die Scherben kann
die Nachwelt erben..."

Mancher wundert sich nach dem Essen sehr –
mein Magen ist noch immer leer!
...dann bring' schnell was zum Schnucken her...

Auch Angebranntes schmeckt sehr fein,
trink' zuvor zwei Gläser Wein!

Erfüllt die Küche nur mäßig ihren Zweck, macht 's
Kochen keinen Spaß – „Dann geh' ich weg…"

Viele Köche verderben den Brei –
'drum koche alleine und esse für drei!

Mittag Punkt 12, das muss wirklich nicht sein –
wir schaufeln auch gerne um 11 Uhr schon rein…

Senkt sich die Sonne am Himmel schon rot,
so ist es Zeit für 's Abendbrot.

~ Spruchbruch VIII ~

Wir sollten vorsichtig sein und nicht immer alles
übers Genick brechen wollen.

~ Besorgte Leser fragen nach ~

Gibt es Langfinger, die Kurzgröße tragen?

Wie kann es sein, dass Mausi ständig 'nen Dackelblick hat?

Wer ist eigentlich schlechter dran: Dicke bei dünner Luft oder Dünne bei dicker Luft?

Warum umschließen Halbschuhe die Füße trotzdem ganz?

Kann die heute schon bekannte Gattung der Langhaardackel mit kurzen Beinen eines Tages das für mich anstrengende Kehren des Bürgersteigs ersetzen?

Meine Orchesterkollegen reden andauernd von ihnen. Aber in welchem Baumarkt gibt es denn diese Tonleitern zu kaufen?

Ist die immense Schrittgeschwindigkeit beim Walken eigentlich auf das englische Schmuddelwetter zurückzuführen?

Ich bin verunsichert. Vertragen sich Bücherwurm und Leseratte gemeinsam in einem Raum?

Warum besitzen die meisten Scheiche einen Haufen Asche, obwohl sie in der Wüste leben?

Sind die voll im Trend liegenden Bratwürste „schwarz/weiß" nicht gesundheitsgefährdend?

~ Sankt Martin für arme Schlucker ~

Ich lehn' an meiner Laterne
und meine Laterne an mir.

Dort oben schwanken die Sterne,
und unten schwanken wir.

Der Korn ist aus,
ich muss nach Haus',
da hab' ich doch noch 'nen Rum, Rum, Rum.

Der Korn ist aus,
ich muss nach Haus',
die Straße ist schon ganz krumm, krumm, krumm.

~ Geschmackssache ~

Wem bittere Äpfel schmecken, dem machen auch
saure Pillen nichts aus!

~ Nikolaus für arme Schlucker ~

Ich bin der kleine Dicke,
ich habe nicht viel Glücke,
so viel Pech in meinem Leben,
darfst mir ruhig 'ne Hülse geben…

~ Ansichtssache ~

Der Maler schweigt zu seinem Bild,
denn es gefällt ihm nicht.

Die grellen Farben springen ihn an,
Ekel verzerrt sein Gesicht.

Der Pinsel verklebt,
die Haare auch,
die Staffel wild beschmiert.

Es fehlt ihm nichts, außer Talent,
jetzt hat er 's endlich kapiert!

~ • ~

Start •

Auf den • gebracht

• genau

Dreh- und Angel •

• landung

Mittel •

• ierung

Mess •

• richter

Wende •

• uell

Gefrier •

• sieg

Siede •

• estand

End •

Wie lautet die Steigerung von •?
•• (Doppelpunkt)

~Die gemeine Tanzmaus ~

(La mausa dancus fiesus)

Die gemeine Tanzmaus ist nicht grau,
nein, sie ist 'ne Powerfrau!

Verursacht reihenweise verdrehte Köpfe,
und an der Theke staunen die Knöpfe.

Vor allem die Alten beginnen zu träumen,
ihr Bier steht ab, wird nicht mehr schäumen…

Der Dancefloor ist des Mäuschens Revier,
um sie herum zappeln mindestens vier.

Dicke, dünne, große, kleine,
manche Kerle haben Storchenbeine…

Egal, einer wird sich ausgewählt,
und dessen Portemonnaie gequält!

Gratis-Drinks, die sind ihr Speck,
Sonstiges hat keinen Zweck.

Nun die übliche Fragerunde,
es vergeht 'ne Viertelstunde,
der Typ zu voll, die Gläser leer,
ein anderer Spender muss dringend her!

Kurzer Abschied,
dann wieder unter die Masse,
das Spiel beginnt erneut,
die Maus findet 's klasse!

Was sie jedoch nicht weiß:

Morgen wartet schon, oh graus,
der Kater zu Haus'…

~ Spruchbruch IX ~

A: „Guck' Dir das mal an: heute ist es schon wieder teuer wie Sand am Meer!"

B: „Wenn ich so was sehe, könnte ich glatt aus dem Hut fahren, da geht mir die Haut hoch…"

~ Der automobile Minimalist ~

Der automobile Minimalist vergnügt sich mit der Beanspruchung von 4,3m² Verkehrsfläche, einer brettharten Gummibalgfederung, 1273ccm Hubraum, weniger als 70 Pferden, 10"großen Felgen (natürlich aus Stahl), lautem Motoren-Ansauggeräusch, geringer Schalldämpfung, manuellem Schaltgetriebe und Fensterkurbelmechanismus.

Eine „Step-by-Step Türverriegelung", ungefilterte Landluft (Primaklima), im Winter von innen vereiste Scheiben und fröstelnder Po, klapperndes Gebiss (soweit vorhanden) und zitternde Hände setzen weitere Akzente.

Eine Lenkung, die muskuläre Reize in den Armen auslöst und eine Bremse, die getreten werden möchte, sind Dinge, auf die kein Herrenfahrer verzichten sollte!

Der automobile Minimalist weiß, dass er von vorgestern ist.

Aber früher war ja alles besser, ätsch…

~ Starke Argumente ~

Lieber rund und gesund als schlank und krank.

Lieber dick und schick als schmal und kahl.

Lieber fett und adrett als mager und hager.

Lieber proper und locker als knochig und bockig.

Lieber korpulent mit Kukident als dünne Strähne ohne Zähne.

Lieber Moppel mit Zottel als Speiche ohne haarige Bereiche.

~ Spruchbruch X ~

„Verflixt und zugestopft – Ja hat der denn ein Rad ab in der Schüssel?!"

~ Die Berufsqual ~

Schlachter Schlitz ist kein Mann fürs Grobe.

Beim Uhrmacher Uhlig ist die Zeit stehen geblieben.

Bäcker Becker mag keine kleinen Brötchen backen.

Beim Schreiner Holzapfel ist meistens der Wurm drin.

Mathematiker Mathies lässt häufig Fünfe gerade sein.

Beim Gärtner Wicke ist was im Busch.

Textilreiniger Treck will jeden Tag das Handtuch werfen.

Busfahrer Busse bekommt ständig 'nen Zug.

Töpfermeister Töppers hat sich schon öfters im Ton vergriffen.

~ Urlaubsplanung in D ~

Natürlich passiert auch mir wieder so was, hatte ein paar Stunden Zeit, wollte meinen Urlaub planen.

Denke, rufst Du mal den Harry an, meinen Kumpel aus Bochum, vielleicht möchte der ja mit.

Dachte, mich trifft der Schlag, der hörte mir gar nicht zu, sagte mitten im Satz ganz unvermittelt, sie hätten ja auch schon länger keine Kohle mehr!

Was interessiert mich denn das? Danke fürs Gespräch.

Gut, fahre ich eben alleine, nur wohin? Bin ja prinzipiell für alles offen. Ein wunderschön gelegener Gutshof in NRW, hört sich sehr verlockend an. Und was macht der Besitzer? Erzählt mir am Telefon was vom Pferd, dabei unterscheide ich nicht mal 'nen Galopp vom Trapp. Konnte ich also abhaken.

Trotzdem, so 'n Bauernhof hätte ja schon seinen Reiz. Also Bauer Heinrichsen in der Lüneburger Heide angerufen. Der versichert mir, er hätte jedes Jahr im ganzen Umkreis die größten Kartoffeln und würde die zum Frühstück seinen Gästen immer servieren, natürlich mit Marmelade. Das war mir dann auch zu dumm.

Tolle Landstriche hat auch Mecklenburg-Vorpommern zu bieten. Mein potentieller Vermieter versprach mir mit stolzer, aufrechter Stimme, dort auf ein rein deutsches Territorium zu treffen. Nachdem mir ein „Ganz ruhig, Brauner" rausrutschte, wurde es nach einem letzten undeutlichen Knacken ganz still in der Leitung.

Alternative Schwabenländle: heitere, fleißige Menschen, viel Sonne und guter Wein. Wenn das kein Volltreffer wird? Da bedauert die nette Dame am Telefon, sie verstehe nur Spanisch, auf keinen Fall könne Sie Hochdeutsch. Tja, so lässt sich natürlich auch nicht mein Urlaub buchen.

Die Rettung bekam ich dann im Ostallgäu. In dem gewünschten Zeitraum wären allerdings die Handwerker im Haus, die machten aber auch viel Käse. Käse?! Ich wäre der Vermieterin fast um den Hals gesprungen. Ich liebe Bergkäse!

~ Die alten Wilden ~

Ödes Volk, wohin ich schau',
ich träum' vom Feuer,
und auf einmal sah ich ihn, ihn…

Siebzig Jahr, lichtes Haar,
so stand er vor mir,
Siebzig Jahr, Falten – klar,
ich will nichts von Dir…

Du zeigtest mir dein Hörgerät,
und die blanken Dritten,
und meine Zweifel waren hin, hin…

Siebzig Jahr, lässig an der Bar,
so stand er vor mir,
Siebzig Jahr, Knete – klar,
ich gäb' sonst was dafür…

Die Hüften neu, die Knie auch,
die Augen frisch gelasert,
so was findet man sonst nie, nie…

Siebzig Jahr, kein grauer Star,
so stand er vor mir,
Siebzig Jahr, Witwer – klar,
Enkel hat er vier…

Der Sturm geht los aufs Tanzparkett,
wir walzen immer schneller,
und auf einmal hat 's gefunkt, gefunkt…

Es ist wahr, ein neues Paar,
ist den Sternen nah,
Es ist wahr, ein neues Paar,
wie schnell es doch geschah... (wie im Film!)

~ Blitzportrait ~

Violet Starlet ist das neue Gesicht in der erfolgreichen Serie „The daily mud". Sie spielt die Rolle der engagierten Telefonistin Mandy.

Es folgt ein Interview mit der 27-Jährigen, die schon bei diversen Theateraufführungen vor der Bühne stand und auch neben der Kamera schon einige Male ihre gute Figur abgab.

„Frau Starlet, Sie sind ja als Frau bekannt, die gerne Neues ausprobiert. Wie kommen Sie mit Ihrer neuen Stellung zurecht?"

„Ja, wissen Sie, das ist alles reine Übungssache, hier und da klemmt es schon noch manchmal - das meint übrigens auch mein Freund!"

„Verstehe. Vielen Dank für diesen tiefen Einblick."

~ Übermenschen ~

Besitzen Übermenschen
eigentlich auch Überbeine?

Wenn ja, dann bestimmt nur sehr kleine…

Tolle Fähigkeiten müssen sie haben,
sonst würde es ihrem Image schaden.

Der Schein trügt oft, wird sich erzählt,
der Übermensch nickt dazu – ziemlich gequält…

Aufgeplustert durch die dicke Hose,
im Knopfloch noch die verwelkte Rose
vom vorabendlichen, exquisiten Dinée,
im Mundwinkel schäumt das Sahne-Baiser.

Die Geldscheine quillen ihm aus der Tasche,
bei Frau Doktor genau die richtige Masche!

Ach ja, Fähigkeiten, womit soll er nur glänzen?
Mit seinem Goldzahn oder „Tanztee-Schwänzen"?

Sohn von Beruf, ein Leben „in Saus & Braus",
das halten auf Dauer nur Übermenschen aus!

~ Uneasy Aging ~

Szene an der Straßenbahnhaltestelle:

Abgebrannter, schmuddeliger Typ A (mit Plastiktüte) sitzt an der Haltestelle, Bierdosen neben sich liegend.

Typ B, gleiche äußerliche Erscheinung (mit verdreckter Baumwolltasche), kommt seitlich ins Bild geschlürft. Ein imposantes Flaschenklirren ist zu vernehmen.

Typ A (enthusiastisch):

„Mensch, Heiner! Wie geht es Dir? Komm', setz' Dich!

Typ B setzt sich, winkt dabei nur müde ab. Schlaffe, gelangweilte Gegenfrage: „...und Dir?"

Typ A (schwenkt mit den Armen umher):

„Wart' mal..."

(kramt in seiner Tüte, holt Röntgenaufnahmen heraus und hält sie Heiner unter die Nase)

„Meine Schrumpfleber, mein Bandscheibenvorfall, meine Kauleisten!"

Typ B (schüttelt den Kopf beim Brubbeln): „Ist ja toll, wie machst Du das nur...?"

~ Gerade aufgeschnappt ~

„…ziemlich komplex. Verstehen Sie? Ha, ha, wahrscheinlich nicht, was? Dabei ist zum Beispiel das Straßenvermessen ein Kinderspiel, wenn das spezielle Teilkopfverfahren angewendet wird.

Passen Sie auf: Sie benutzen einen Teil Ihres Kopfes, am besten den noch aktiven Bereich Ihrer grauen Zellen und lassen ihn die Schrittzahl Ihrer Füße mittels synaptischer Informationsübertragung wissen. Richten Sie vorher jedoch unbedingt Ihre lokalen Achsensysteme um 90° zueinander stehend aus, sonst haben Sie den alten Pythagoras am Hals und da könnt' ich mir wen anderes echt besser vorstellen!

Egal, Tatsache ist, das Kopfteilverfahren funktioniert einwandfrei, hab 's doch erst letzte Woche im Selbstversuch bestätigt. So misst unsere Hauptstraße an der breitesten Stelle sechs Meter, abzüglich Rinnsteinkante. Zur Länge konnte ich leider keine abschließenden Ergebnisse vorweisen, weil der in Stärke und Richtung abwechselnd wirkende Seitenwind die Messung so sehr beeinflusste, dass die Höhe der Standardabweichung nicht akzeptabel gewesen wäre.

Also, mein Herr, wie Sie sehen, haben wir es mit einem äußerst präzisem Verfahren zu tun, das allerdings sehr empfindlich auf etwaige Störfaktoren reagiert."

„Entschuldigen Sie, aber warum erzählen Sie mir das alles?"

„Weil ich Sie als Mann von Welt ansehe, der, wie ich meine, wissen sollte, welche evolutionären Entwicklungen sich jenseits des eigenen Tellers anbahnen! Geben Sie zu, beim Dinieren schweift Ihr Blick doch auch heimlich mal auf die gebratene Seeteufelzunge in Thymiansauce, die nur darauf wartet, den Rachen Ihres Tischnachbarn kurzzeitig ihren eigenen zu nennen!

Das ist doch das Geheimnis: wer nur seine eigene Suppe auslöffelt, braucht sich nicht darüber zu wundern, das Eingebrockte zu übersehen. Sie haben Confusio doch sicherlich gelesen, oder?"

„Nein, tut mir leid. In diesen Dingen besitze ich wirklich noch Nachholbedarf. Seine Überlieferungen müsste ich mir bei Gelegenheit noch anlesen…"

„Tun Sie das bitte schnellstmöglich. Denn schon fürchte ich, dass meine Weisheiten nur Ihre Ohrwürmer, pardon, -gänge, nicht aber des Apfels Kern erreichen."

„Oh, Sie sprechen von Goethe. Erst letztlich war ich mit meiner Frau Mama in einer Aufführung des Faust. Die Inszenierung im Staatstheater war einfach fabelhaft. Ich meine, eine Sondervorstellung, nur geladene Leute des Geldadels vertreten, Champagner in Strömen und, verzeihen Sie, „kleine Schwarze" waren auch dabei, hi hi."

„Ganz richtig, ich spreche vom Johann Wolfgang und ich wette mit Ihnen, dass Sie alle gesprochenen Wörter der Aufführung gehört, doch ihren Sinn nicht erfasst haben, oder hatten Sie genug intus?

Waren Sie jemals in Weimar, ich meine im Luxusschlitten, und so. Müssen Sie unbedingt im Sommer mal hin. Ich war da, mit meinem stoischen Drahtesel und einer ganzen Menge Hunger an Bord. Aber glauben Sie ja nicht, dort gibt es Brot fürs Volk. Nein, dort gibt es Kultur!

Kultur in jeder Hinsicht: kulinarische Spezialitäten, Schlösschen hier, Museum da und der pittoreske Park, welch ein Gedicht!

Goethes Gartenlaube? Hab' ich natürlich aufgenommen. Ist doch irre: schwere Zungen behaupten sogar, dass die toskanischen Weinbauern ihren Reichtum nur unserem genialen Dichter und Denker zu verdanken haben. So was sprach sich natürlich 'rum. Wer Bücher verkaufen wollte, musste genial sein und wer genial sein wollte, musste nur wirr genug schreiben. Also her mit dem Traubensaft. Synthetische Drogen waren vielen Leuten damals ja noch nicht bekannt und zudem zu aufwendig in der Herstellung.

Ich gebe zu, da lobe ich mir doch die alten Griechen mit ihrer Mythologie. Die waren wirklich manchmal zu vergöttern. Es ging schon los mit dem thebanischen Sagenkreis. Wer durchblicken wollte, musste mindestens über hundert Gestalten und deren Lebensläufe parat haben. Ok, man konnte sich auch dem Wein widmen. Muss ja jedes Jahr 'ne richtige Sause bei den Athener Festspielen zu Ehren Dionysos, dem Gott des Weines und der Ekstase, gewesen sein. Zumindest hat Sophokles, während er seine Stücke schrieb, sein Bewusstsein wohl nur bedingt erweitert. Hey, Antigone habe ich immerhin verstanden, Dr. Faustus mit Doppelherz ist dagegen 'ne andere Geschichte…

Überhaupt, die Griechen waren doch toll. Wenn bei denen einer gestorben ist, dann aber richtig. Dem einem fällt 'ne Schildkröte auf den Kopf, der Nächste verschluckt sich an einer säuerlichen Weintraube. Dramatik pur also. Kaum zu vergleichen mit dem öden Ableben unserer geistigen Elite oder was meinen Sie?"

„Ehrlich gesagt habe ich mir über solche Sachverhalte noch gar keine Meinungen eingeholt, wie gesagt, ich fand die Aufführung sehr schön…"

„Genau das ist es. Es ist alles sehr schön. Sehr schön, bis wir es durchdrungen haben. Bis die Politur, die diversen Lack- und Deckschichten ab, der Spachtel zerbröselt und der Rostfraß sichtbar geworden ist.

Wo und unter welchen Bedingungen werden denn zum Beispiel unsere in der Hofeinfahrt so akkurat verlegten Natursteinpflastersteine nur hergestellt? Und welche giftigen Stoffe entstehen bei der Produktion von Aluminiumfelgen, die mittlerweile auch im Winter als Beau von sich reden machen? Vor allem: Warum ist das Zeug nur so verdammt preiswert?

Wenn ich Ihnen jetzt noch weitere Lackstellen mit dem Schlüssel „verschönern" würde, säßen wir vermutlich nächste Woche noch hier. Es gibt leider zu viele verdeckte Rostlauben, die durch die Gegend fahren. Lassen wir das also..."

„Sie haben Recht. Und ich glaube zu beginnen, auch ohne Confusio Ihren Gedankengängen folgen zu können."

„Das freut mich zu hören. Doch weiß ich heute selbst noch nicht, wohin die Gänge führen werden. Auf jeden Fall dürfen wir sie uns niemals zuschütten lassen, weder von jemand anderen noch von uns selbst! Auch Umkehren innerhalb des Labyrinths muss möglich bleiben, damit wir Erkenntnisse aus Lernprozessen ziehen und uns gemäß der Konsequenzen weiterentwickeln können."

„Entschuldigung. Aber jetzt klingen Sie wie mein Professor."

„Oh, das wollte ich nun wirklich nicht. Professor klingt so nach Theorie. Doch das, was ich Ihnen erzähle, kommt mitten aus dem Leben. Letztes Jahr zum Beispiel, an Sankt Martin. Da ging der kleine Junge mit seinem Papa und der Laterne an der Hand durch einen Park in der Nordstadt, als plötzlich..."

~ Philosophenweg ~

Wo geh' ich her, wo komm' ich hin?
Habe ich später ein Doppelkinn?

Springt mein Herz oder klopft es leise?
Wen treffe ich noch auf meiner Reise?

Den geraden Weg nehmen, ans Ziel kommen bald?
Oder Pfade genießen, Kurven und Wald?

Gegen den Strom, Sturm und Wind?
Vornehmer Schnösel oder wildes Kind?

Leben ist, was wir daraus machen,
Hauptsache ist, uns vergeht nie das Lachen...

www.tredition.de

Über tredition

Der tredition Verlag wurde 2006 in Hamburg gegründet. Seitdem hat tredition Hunderte von Büchern veröffentlicht. Autoren können in wenigen leichten Schritten print-Books, e-Books und audio-Books publizieren. Der Verlag hat das Ziel, die beste und fairste Veröffentlichungsmöglichkeit für Autoren zu bieten.

tredition wurde mit der Erkenntnis gegründet, dass nur etwa jedes 200. bei Verlagen eingereichte Manuskript veröffentlicht wird. Dabei hat jedes Buch seinen Markt, also seine Leser. tredition sorgt dafür, dass für jedes Buch die Leserschaft auch erreicht wird

Autoren können das einzigartige Literatur-Netzwerk von tredition nutzen. Hier bieten zahlreiche Literatur-Partner (das sind Lektoren, Übersetzer, Hörbuchsprecher und Illustratoren) ihre Dienstleistung an, um Manuskripte zu verbessern oder die Vielfalt zu erhöhen. Autoren vereinbaren unabhängig von tredition mit Literatur-Partnern die Konditionen ihrer Zusammenarbeit und können gemeinsam am Erfolg des Buches partizipieren.

Das gesamte Verlagsprogramm von tredition ist bei allen stationären Buchhandlungen und Online-Buchhändlern wie z. B. Amazon erhältlich. e-Books stehen bei den führenden Online-Portalen (z. B. iBookstore von Apple) zum Verkauf.

Seit 2009 bietet tredition sein Verlagskonzept auch als sogenanntes "White-Label" an. Das bedeutet, dass andere Personen oder Institutionen risikofrei und unkompliziert selbst zum Herausgeber von Büchern und Buchreihen unter eigener Marke werden können.

Mittlerweile zählen zahlreiche renommierte Unternehmen, Zeitschriften-, Zeitungs- und Buchverlage, Universitäten, Forschungseinrichtungen, Unternehmensberatungen zu den Kunden von tredition. Unter www.tredition-corporate.de bietet tredition vielfältige weitere Verlagsleistungen speziell für Geschäftskunden an.

tredition wurde mit mehreren Innovationspreisen ausgezeichnet, u. a. Webfuture Award und Innovationspreis der Buch-Digitale.

tredition ist Mitglied im Börsenverein des Deutschen Buchhandels.

Zeitfracht Medien GmbH
Ferdinand-Jühlke-Straße 7
99095 Erfurt, Deutschland
produktsicherheit@kolibri360.de